北京图书馆藏

中国国家图书馆碑帖精华题跋本

張遷碑

名师指导

主编 赵海明

北京图书馆出版社

图书在版编目（CIP）数据

《张迁碑》名师指导/王冬龄指导.—北京：北京图书馆出版社，2006.1

（《中国国家图书馆藏碑帖精华》名师指导丛书/赵海明主编）

ISBN 7-5013-3113-8

Ⅰ.张... Ⅱ.王... Ⅲ.隶书—书法
Ⅳ.J292.113.5

中国版本图书馆 CIP 数据核字（2005）第 144780 号

书　名　《张迁碑》名师指导
著　者　王冬龄 指导

出　版　北京图书馆出版社（100034 北京市西城区文津街 7 号）
发　行　010-66139745，66175620，66126153
66174391（传真），66126156（门市部）
E-mail　cbs@nlc.gov.cn（投稿）　btsfxb@nlc.gov.cn（邮购）
Website　www.nlcpress.com
经　销　新华书店
印　刷　北京佳信达艺术印刷有限公司

开　本　889×1194 毫米　1/16
印　张　6
版　次　2006 年 1 月第一版第一次印刷
印　数　1-5000 册（套）

书　号　ISBN 7-5013-3113-8/K·1390
定　价　15.00 元

编者的话

中国汉字诞生于何时，现在还不能叙述得很清楚，但有一点是可以肯定的，在久远的历史长河与广博的世界中，人类诸多文字符号渐渐消失的今天，惟有汉字历数千年而不衰，这不能不说是中华民族智慧的结晶。特别是人类社会发展已进入信息时代，运用现代科学技术解决了计算机输入汉字的问题，汉字神奇、准确、简练的优越性已被人类世界所共识，由此，彻底推翻了汉字会消亡的论调。书法艺术做为以实用汉字书写为表现形式的艺术，它传承发展着中华民族优秀的历史文化，凝聚着中华民族的精气与血脉，继承、延续、发展它是我华夏子孙的责任与使命。

书法是线的艺术，它是书写汉字的法则，是以汉字实用书写作为表现形式，既形象又抽象的特殊艺术。汉字实用书写是以书写的精确性、规范性、美观性为基本要求。而书法艺术更强调的是书写的艺术性、多变性以及书写者艺术个性的张扬，通过表现（线条起伏与流动、粗细与曲直、浓淡与干湿、刚劲与阴柔之变化，传达出作者丰富的情感意绪与个性风貌。可以说是汉字实用书写的艺术升华。因此，学习书法要在点画用笔、间架结构、章法布局三要素上下功夫。点画用笔是书写者按一定法度要求、审美情趣塑造汉字字画形态的过程和结果，是学习书法的第一要素。元代书法家赵孟頫就曾说：『书法以用笔为上，而结字亦须用功。』如果说，间架结构是就一个单字而言，通过不同点画形态而产生的结体规律和形成的体势；那么，章法布局就是书写者对作品通体设计的过程与结果。对于初学书法者如何进行点画用笔、间架结构、章法布局的学习？答案是肯定的，就是要通过临摹历代名家名作所获知。总结先贤学习书法之路，总有一个临仿学习的阶段，这是因为传统书法有其特有的方法与技法，这些方法与技法都记录在优秀的书迹上，不通过临习是难以获知和继承的。晋代书法家王羲之早年师法卫夫人《笔阵图》，后学习张芝草书、钟繇楷书作品，成为一代书家，被后世尊为书圣；晚清赵之谦师法北碑，临摹了大量北碑作品，终有自家风格；吴昌硕篆书取法《石鼓文》而成为有清一代篆书大家。可以说，传统书法技法不通过临习是无法掌握的，只有通过不断的临习才能改掉固有的陋习，掌握和继承先人优秀的学习方法与技法，才能开创新的风格。

学习书法最好以古代名家名作墨迹为师法。然而，墨迹能得以较好地保存下来可谓少之又少，所以从碑石上传拓下来的拓本就成为学习书法的珍贵范本。公元六世纪传拓技术的发明，使中国书法广泛传承成为现实，碑帖拓本的出现以载籍为据始于梁、隋，若以实物为据则始于初唐，迄今已一千四百余年，经宋元明清历代之发展，林林总总，蔚为壮观。然而，拓本的早晚，传拓的优劣，却有着很大的差异，其价值更有天壤之别。早在宋代黄庭坚就有『孔庙虞碑贞观刻，千两黄金哪购得』之句，可见，唐代碑刻拓本，在宋代已是千两黄金也难购到的，时至今日宋元明清拓本更是难得的珍品。有鉴于此，二〇〇一年经过多年的准备，北京图书馆出版社编辑出版了《中国国家图书馆碑帖精华》，该书是在国家图书馆馆藏大批宋元明清拓本藏品的基础上，经北京师范大学教授启功先生等著名金石书画鉴定专家精心遴选，优中选精，彩色精印出版的。该书还收录了古今名家的题跋、观款、眉批文字三百余则，以及大量的鉴藏印记，呈现给读者的是一部资料完备、递藏有序、考证翔实、信息丰富的碑帖精粹，拥有目前同类书籍无法比拟的选材基础和权威地位。故该书一经问世，就受到学术界、书法界、收藏界的广泛关注和好评，先后荣获了二〇〇一年文博考古优秀图书奖，首届中国书法兰亭奖·编辑出版奖，第十三届中国图书奖。为使更广大的书法爱好者学习临摹、收藏爱好者鉴藏借鉴，我们从《中国国家图书馆碑帖精华》中遴选二十种碑帖，以普及本的形式，在保持原书信息的同时，邀请当代著名书法家撰写了临习碑帖的指导文字与名师临习作品，极大丰富了该书的内容。相信有名师的具体指导，定会对初学者学习书法大有裨益。

古人云：『工欲善其事，必先利其器。』选择好的碑帖拓本学习借鉴，会使学习者与鉴藏者得到事半功倍的效果。此书的出版会对书法爱好者和鉴藏者给予启迪与帮助，真诚地希望有志学习鉴藏书法者喜欢它、使用它、批评它。

二〇〇五年六月

目录

王冬龄，别署冬令、悟斋，一九四五年十二月生，江苏如东人。中国美术学院教授、博士生导师，中国书法家协会理事，名字列入英国《世界名人录》、美国芝加哥《北美华裔艺术家名人录》。著作有《书法篆刻教程》、《林散之》、《王冬龄书画集》等。

总序

中国书法艺术源远流长，历史上曾经产生过许多名家和名作。由于年代久远加上天灾人祸的原因，宋代以前的名家真迹大多都已毁灭，留存至今的堪称凤毛麟角，于是那些本来是为了传史记事或歌功颂德而制作的碑铭，便因保存了前人的字迹而成为后世学习、研究古代书法的重要依据，后人习惯上把历代的碑版、墓志、摩崖、造像记等石刻统称为『碑』；从宋代开始，人们为了复制、传播书法作品，将名家书迹汇集、编排并摹刻在木板或石板上，称为『法帖』，多卷的称为『丛帖』。

为了满足人们学习书法的需要，前代名家的书迹常常被复制流传。古代复制书法作品的方法主要有两种：一种是用专门的蜡纸罩在原迹上面双钩填墨，得到的复制品称为『摹本』。这种方法虽然能够忠实真切地保存原作的面貌乃至细节，但工序繁琐而且技术要求高，因而难以普及推广；另一种方法则是将刻在石碑或帖版上的字迹用特殊的技巧捶拓到纸上，所得到的复制品称为『拓本』。在摄影印刷技术出现以前，通过捶拓而获得碑帖拓本一直是复制传播书法作品最常用的方式。

宋代以来，碑帖拓本作为学习书法的范本和研究金石学的资料，逐渐受到人们普遍的喜好。到了清代，一方面在翁方纲、赵之谦等学者的带动下，金石学非常兴盛；另一方面由于包世臣、康有为等人的倡导，书法界形成了推崇和学习碑刻的风气，专门著录、研究碑帖的著作不断问世，社会上对碑帖拓本的需求及重视都达到了前所未有的程度。但此时古代碑刻与丛帖原版大都已经残损散失，于是许多学者或书法家便到处搜访、传拓古碑。而旧有的拓本也越来越显珍贵，在供人学习、研究的同时，更成为重要的收藏欣赏对象。在这一过程中，一批名碑名帖的宋拓、初拓、精拓、孤本脱颖而出，名声大著，价值可与名家法书绘画不相上下。

中国国家图书馆经历了从清末创建的京师图书馆到北平图书馆、北京图书馆，再到国家图书馆的发展过程，在近一百年的时间里，以明清皇家收藏为基础，又陆续搜集和接受了许多私家藏品，珍奇汇聚，蔚为大观。在国家图书馆的古籍收藏中，金石拓本是很重要的一项，这次从中选择精华影印出版，实在是很有意义的好事情。

首先，这批拓本都是名碑名帖，其中不乏宋拓、初拓、善本、孤本，更有一些是首次面世。将这些珍品公之于众，使其被更多的人所认识和利用，这些拓本的历史价值与艺术价值都得到了发挥；其次，这些拓本上几乎都有前代收藏家、研究者或书法家的题跋文字，或记述递藏源流，或辨析优劣高下，或品评风格特点，内容丰富而且难得。这次将题跋墨迹与碑帖拓本一同印出，不仅能够使书法家和爱好者更全面、更细致地理解学习，同时也为文物研究者、鉴赏家和书法史的研究者提供了宝贵的资料。因此，不论是对国家图书馆还是对广大读者来说，本书的出版都堪称是一项功德无量之善举。

启功

二〇〇一年十月

《张迁碑》简介

《张迁碑》全称《汉故谷城长荡阴令张君表颂》，刻于东汉中平三年（186）二月。隶书。碑原在山东东平县，明朝初年出土，现在山东泰安岱庙，碑高270厘米，宽115厘米。碑阳十五行，行四十二字；碑阴题名三列，上二列十九行，下列三行。额篆书『汉故谷城长荡阴令张君表颂』二行十二字。最旧拓本为明拓本，八行『东里润色』四字完好。

国家图书馆藏此拓本，『东里润色』之『色』字、『垂其仁君』之『君』字完好，为明末清初拓本，碑阴系后配。割裱本。外框高34.7厘米，宽19.3厘米；内框高27厘米，宽15厘米。凡三十一开，附跋两则。题签一：『清初精拓张迁碑，饮冰室藏』；题签二：『汉荡阴令张迁碑，碑阴附后，茝坪藏』；附页题：『百粤第一精本，蒨齐』。此本为郑勉、仓兆彬、冯汉、梁启超递藏，有孙氏、彭元玮、梁氏等跋记四则。钤『饮冰室』、『王世仁』、『曾归师韩』、『冯汉』、『荭斋审视金石刻辞』、『崔山冯氏所藏金石书画记』、『棠』、『师韩所得金石』、『曾在冯师韩处』、『尹桑审定』、『尹桑私印』、『秦斋壬子以后所见』、『秦斋』、『冯师韩父秘笈之印』、『师韩读过』、『孙元庆印』等印。

明王世贞评曰：『其书不能工，而典雅饶古趣，终非永嘉以后可及也。』清万经则认为『其字颇佳，惜摹手不工，全无笔法，阴尤不堪。』清方朔云：『碑字雄厚朴茂。』孙退穀评曰：『书法方整尔雅，汉石中不多见者。』（文／袁玉红）

清初精拓張遷碑
歆冰室藏
77

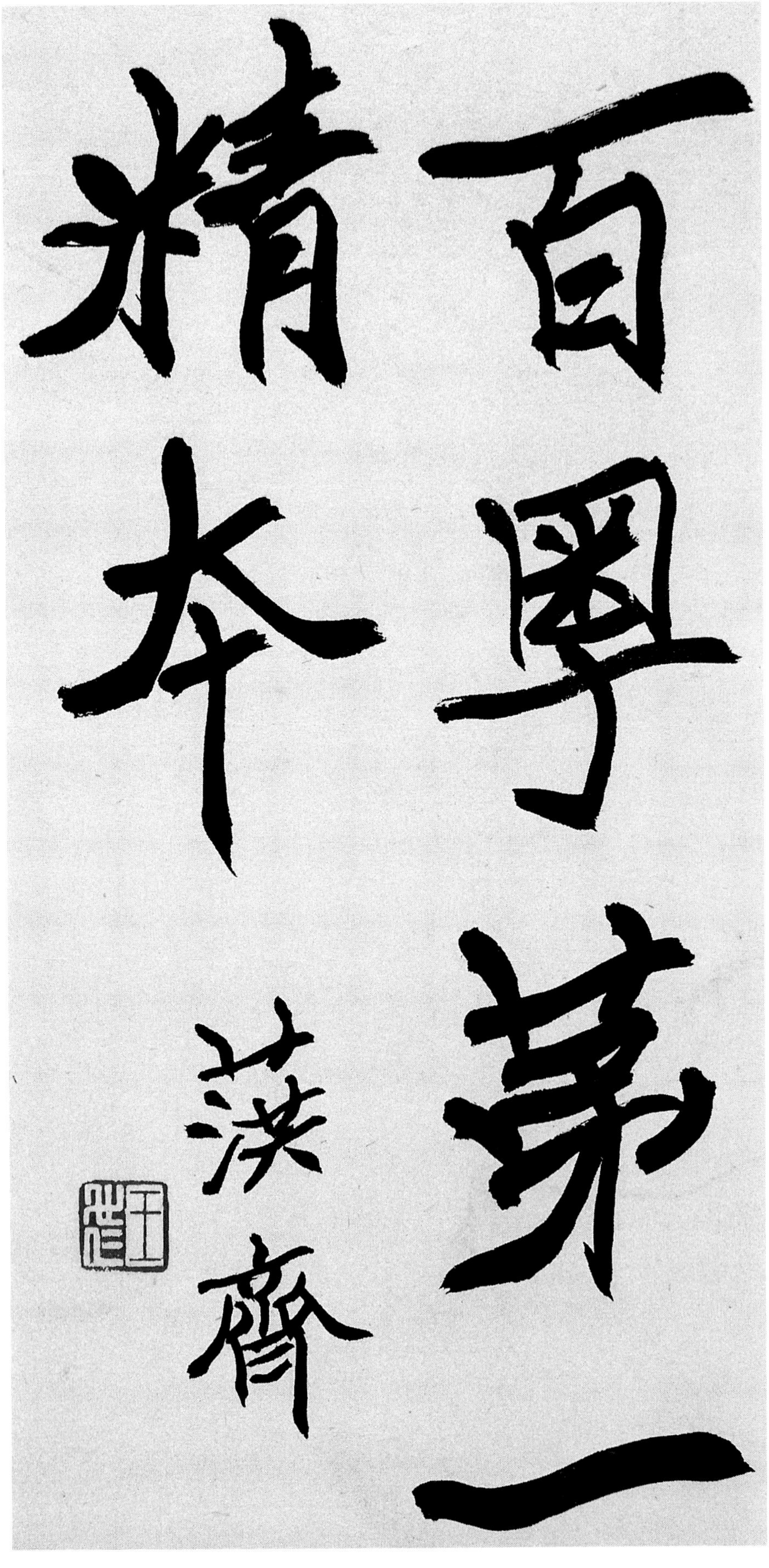
百學第一
精本
漢齋

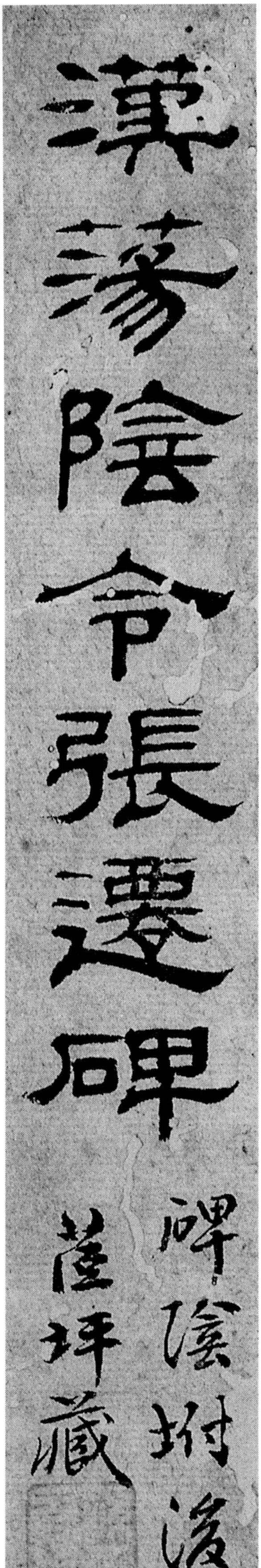
漢蕩陰令張遷碑
碑陰樹後
崖坪藏

韋字下兩垂筆已磨滅數百年此本獨存足爲古拓之証　伯瑞

周周宣王中興
有張仲以孝友
為行披覽詩雅

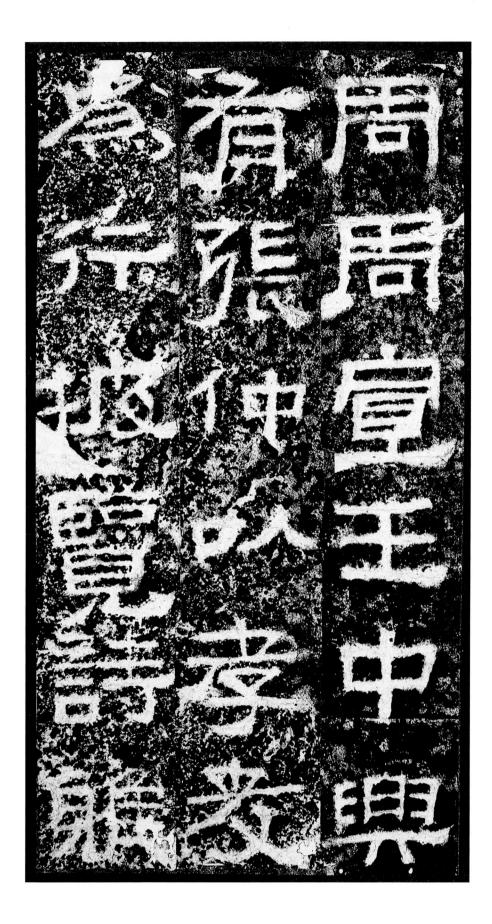

煥知其祖高帝
龍興有張良善
用籌策在帷幕

之内決勝負千
里之外析珪於
留文景之間有

張釋之建忠弼
之謨帝遊上林
問禽狩所有苑

令不對遭問壽
夫壽夫專對於
是追壽考為令

今國為武夫
也議為不兆
今有公卿也

嗇夫喋喋小吏
非社稷之重上
從言孝武時有

北震五狄東勤
九夷荒遠既殯
各貢所有張是

輔漢世載其德
爰既且於君蓋
其繩繩纘戎鴻

緒牧守相係不
殞高問孝弟於
家中謇於朝治

京氏易聰麗權
略藝於從政少
爲郡吏隱練職

位宗正股肱
爲
拜
除

穀城長蠶月之
務不閉四門臘
正之僚休囚歸

種宿
而初起
市縣

全子賤孔蔑其
道區別尚書五
教君崇其寬詩

其息之其字下半並潤字
玉上之小星俛字顏氏藏本
西字文色字未壞世間藏本
不多覯矣 守璞識

陝君懿于棠晉
陽珮瑋西門帶
弦君之體素能

周公東征西
怨思奚斯讚
魯考父頌殷

吉遺芳有功不

畫發無老房勝

見刊府賢孫高

物萬載無代以
本雖遠精告詩
云舊國其命惟

新

於穆我君既敦

既純雪白之性

孝友之仁紀綱
朱不蘭生有芬
克岐有兆綏御

貧飭利農不讀

魯不出術西地

邑敦孝表廷良

旆沛亭尌溫溫
朱人乾進不綠
宿術是規臥及

福中平三年歲
在攝提二月震
節紀日上旬陽

孫興刊石立表
以示後昆共享
天祚億載萬年

參百

故從事書六韓

參百

錢五百　故文守宫中　錢五百

百　　　事邦　　　百

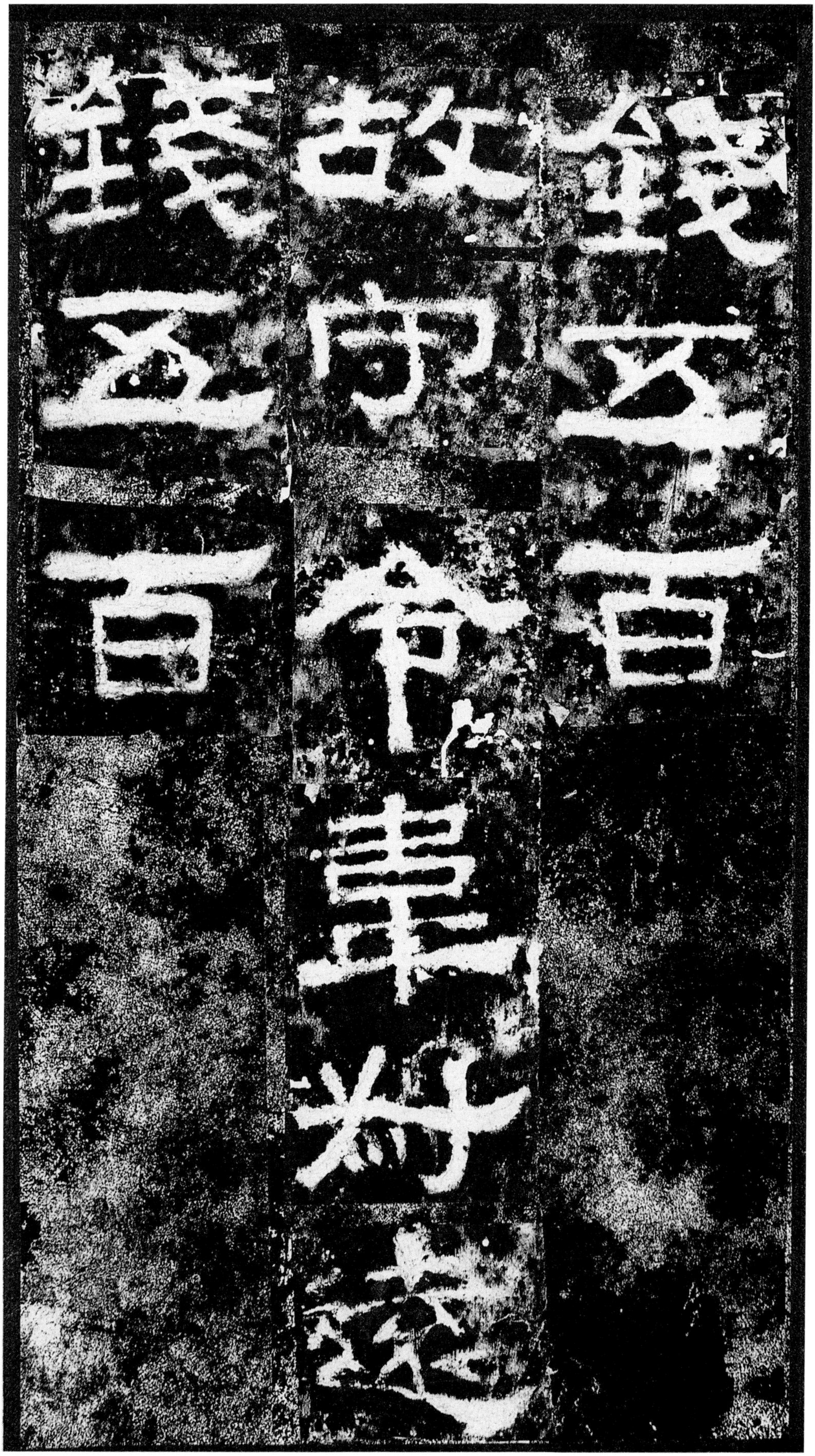

故守令范伯犀

故吏韋金石錢

二

故督郵范衍公
錢五百
故吏[illegible]文宗錢

千
吏起世節錢
八百

故吏韋府卿錢
七百
故吏范季孝錢

七百

故吏韋伯亶錢

八百

故吏范德寳錢

八百

故吏韋公儁錢

五百
故吏紀定國錢
七百

故吏韋閏德錢
五百
故吏孫升高錢

五百
錢七百

故吏韋埶出錢
四百
故吏范巨錢四

百
故吏壽千錢
四百

故吏韋輔節錢

四百

故吏韋元緒錢

四百
故吏韋容人錢
四百

故從事原覽德錢三百

故吏韋公明錢

三百
錢吏范
錢三
百

故吏韋輔世錢
三百
故吏范國方錢

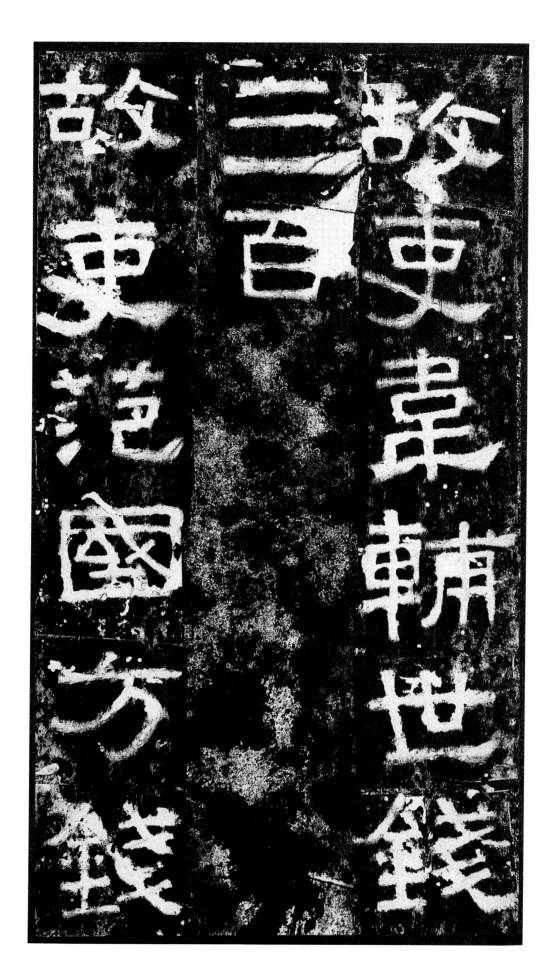

二百
三百

故吏氾奉祖錢三百
故吏韋德榮

故吏范利德錢

三百

故吏韋盛韋

故安騎將義
故吏韋宣錢三
百

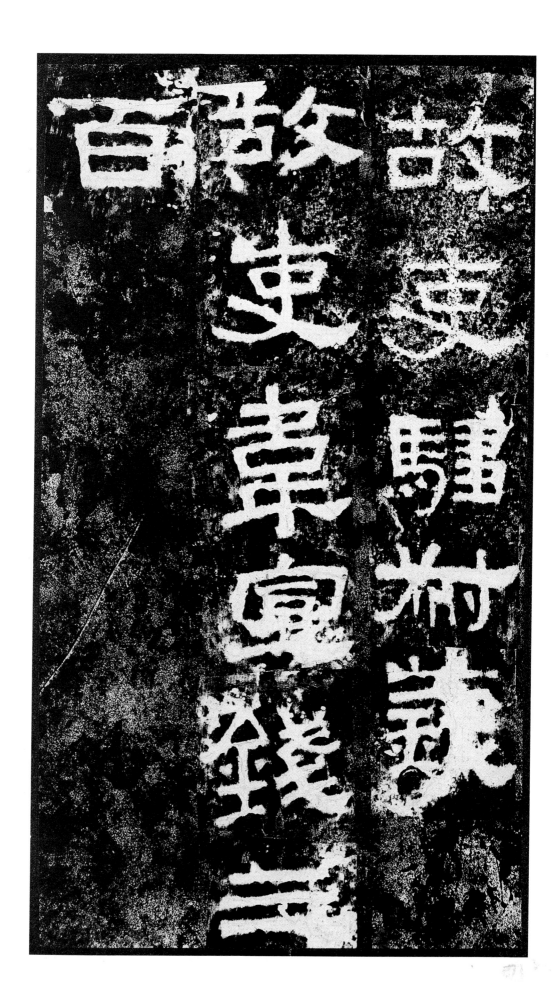

故吏韋孟光錢
五百
故吏韋孟平錢

三百
故守令東萊孝
錢五百

右軒乃鄭墨泉先生家藏先生名勉嘉慶辛酉拔貢甲子舉人工詩善分隸如黃左田阮芸臺鐵冶亭諸名筆所推重晚年主講上海書院並先丙戌余館先生家授其文孫讀課餘每借觀所摩先生哲嗣自山茂才書因以贈余距今已四十六寒暑矣流光箭速故人宿草重撫此本能無潸然揮涕

碑中異文奇字，如羈作羇，藝作蓺，際作傺，等作筭，禽獸作禽狩，賓作殯，忠謇作中謇，佩韋作珮瑋，蔽芾作蔽沛，以朞作八基，或是俗體，或由音假，皆當時小學不講，許叔重所為發歎也。中爰既且於君一語最不可解，盧抱經謂文為爰暨於君，書者不解文義，將暨字析為二，殆然也。若搨色字末壞，諱字其字下半均完，當是明末清初本，碑陰則新招配入耳。

癸亥正月二十日啟超跋

史載流傳漢碑有三百餘種其中用筆方圓兼用者居多純以篆法圓筆者有石門頌大開通曹全諸碑而以方筆為主者僅張遷衡方西狹頌鮮于璜碑而已善圓筆者渾厚遒勁以通篆意善方筆者剛健峻拔以

啟楷法此碑乃方筆中之佼佼者也體勢方正筆意內斂點畫沉著古拙而富有奇趣此碑風貌已開魏晉楷書先河當為漢碑中之精品此碑搨本明人初不以為然自清以降漸為世人重視凡研習漢隸者無不

於此碑探消息以入堂奥清代何紹基最得神似近代梁啟超胡小石馬公愚錢瘦鐵來楚生等均從其出此獨本東里潤色之色字垂其仁君之君字完好之明末清初精搨本

辛巳立夏後一日海上古漢題

此碑出刻于靈帝中平三年其時隸
書多精熟流美之作然民之稚拙樸茂
且附會古形式當出自匠人手筆
萬經評其字頗佳惜摹手不工全無筆
法陰尤不佳乃擯典範以求野鄙之見
哉以典雅爾雅名之則系後世之移情非史
實也
此碑明代出土舊拓可見其觀與民

清初拓本相較，僅數字完好，優勝餘則
近日通觀之碑，出風未能一貫，肥瘦曲直
多有異常變化，此非關藝術，乃書刻輒
但隨意所致，刀斧之跡。及近年高老生
之澤未孫仲隱墓志，均以為諛爲
雖我循氏而入漢隸，猶勝與藻者多矣。
辛巳長夏于雲草堂　文俊

張遷碑
北京圖書館所藏此本其
佳墨斂超之葉之缺精審
碑陰為後配新拓者精神
極完好
似近之方勁樸茂古拙在東

漢碑刻中以移楊見其特出者
三至一以渾動厚拔之方筆書墨
調何用道激於屈鐵之圓筆
篆之變會圓而為方勁遺之富了
藝術內涵其二在標準于隸書中
探用通俗隸書之體式楷書消

隱含其中以樸實生動之字勢
活潑整齊以篇章在雄强之氣
象中別有一種古拙天真之意趣
其三碑額為漢篆之精品堪為
漢代藝術精神之代表
辛巳夏月硯華記於寓

临习指导

王冬龄

《张迁碑》，又名《汉荡阴令张君碑》、《汉故谷城长荡阴令张君表颂》，隶书，东汉灵帝中平三年（186）立。碑纵270厘米，横115厘米，孙兴刊石。明朝万历年间（1573—1620）出土，现藏山东泰安岱庙。碑阳15行，行42字，碑阴三列，上二列19行，下列3行，碑额篆书阴文『汉故谷城长荡阴令张君表颂』12字。

《张迁碑》碑阳刻正文，纪事颂德，分列墓主名讳、里贯、履历。称迁为周张仲、汉张良之后，又引张释之、张骞事。张良与张释之、张骞里籍各异，而系为一族，叙述事迹多夸饰。碑阴刻门里故吏等姓名及出钱数目等。产生于东汉晚期的《张迁碑》，与西汉及桓帝以前的诸碑刻相比，石面平整，石质精细，双刀斜下，书刻俱佳。书风方拙朴茂，笔短意长，形方势圆，其妙处在初看若稚拙，细细品味，愈发觉其精巧，通篇涌现灵动之气，是方笔汉隶风格的代表作，为宋以来金石家所著录及称赞，也是历来临习汉隶最佳范本之一。碑额篆书则是汉篆中奇品，方笔瘦硬，笔势起伏曲伸，风翥龙蟠，结体亦茂密诡奇，变幻莫测，是汉碑额中难得的隽品。清孙承泽评《张迁碑》书风有云：『书法方正尔雅，汉石中不多见者。』（《庚子销夏记》）杨守敬亦云：『此碑端正雅饰，剥落之痕亦复天然……碑阴尤明晰，而其用笔已开魏晋风气，此源始于《西狭颂》，流为黄初三碑（《上尊号》、《受禅表》、《孔羡碑》）之折刀头，再变为北魏之《始平公》等碑。』（《平碑记》）堪为好评。

《张迁碑》的风格特征概括起来有如下几点：

一、用笔特点：

（一）方劲平实。通篇用笔以方笔、折笔为主，其方折笔画显得平稳坚实与劲健。

『有』、『出』
用笔上方笔与方折的特点强烈。其折笔往往是分两笔完成。

（二）厚重外拓。此碑笔法重按外拓，即古人所谓『三分笔』的铺毫，体现了其厚重与丰腴的笔意。

『之』、『字』
『之』字的捺与『字』字的左竖钩，均重按外拓行笔。

（三）笔短意长。所谓笔短意长是说其笔画（若横挑）外形不是很长但却很尽势，其行笔中亦有细微的一波三折变化，极有意趣。

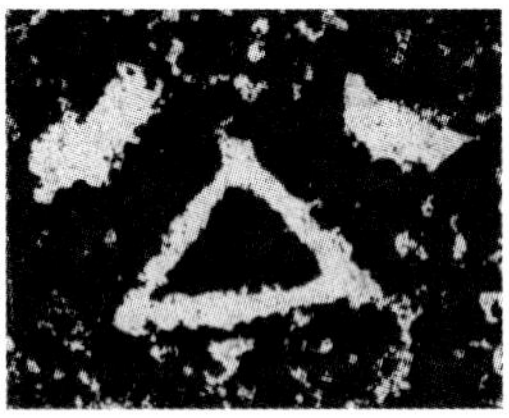

『公』、『陈』
『公』字上面与『陈』字下面的短撇短捺有笔短意长之妙。

二、结构特点：

（一）方正充盈。总的来说此碑字形偏正，不似《曹全碑》、《孔庙碑》那样扁方，整个字的方形笔画布白充盈满实（见下图）。

（二）参差变化。此碑因字立形，虽然总体上字形偏方，但根据不同字形，有大小长短的变化，笔画也有粗细变化。

（三）稚中寓巧。此碑的字粗看有愣头愣脑的稚气，仔细玩味却精巧而见匠心，字势亦有欹侧、奇崛生动。此特点须临习过一段时间，仔细玩味，方有感受，这真是『大巧若拙』。

《礼器碑》 《张迁碑》 《西狭颂》

《张迁碑》与《礼器碑》、《西狭颂》用笔同属方笔类型，与《张迁》比较，《礼器》更瘦硬挺拔，《西狭》略浑厚丰腴。结字上《张迁》平正而朴实，《礼器》疏朗而飘逸，《西狭》宽博而婀娜。

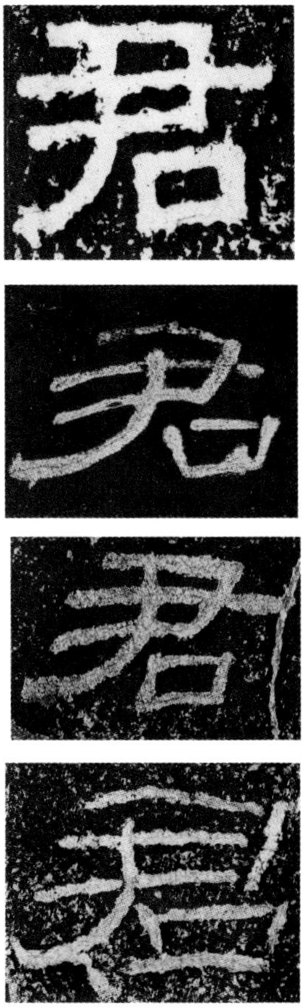

《张迁碑》 《曹全碑》 《乙瑛碑》 《石门颂》

以『君』为例，是『尹』与『口』的上下结构的组合。《张迁碑》结字平稳一些，其余三碑的『尹』与『口』的组合，均更生动有变化，且『口』字四笔组合不完全，横平竖直，而且有些笔画不完全连接，有透空处，字型也更扁方。

三、章法特点：

（一）整饬散点。汉碑章法大致分为三类。一类横竖成行，排列整齐，如《张迁碑》、《礼器碑》；一类有行无列，即竖成行，横的字不成行，如《三老讳字忌日记》；还有一类横竖皆不成行，如《开通褒斜道刻石》。此碑横竖皆排列整齐。上下字与字之间距大于左右的行距，因此从整体效果看，此碑章法是排列工整的散点式。

（二）参差互映。虽然字排列整齐，但字形有大小、长短、宽窄的区别，而且相同的字，又有参差错落，字与字之间是靠其姿态与布白相互映。

（三）朴茂端方。由于此碑基本为方笔，字型端直，『口』型字四面密封，加之用笔重而实，笔画粗，相对《曹全》等碑，字距较小，所以整体章法显得十分朴茂，浑然一体。

学习隶书最宜从此碑入手，不仅容易上手，而且一般不会学出毛病来，随着临习的日渐深入，愈加能体味其妙处，盖由其平实的品质所决定的，有此碑基础后再学其他汉碑有事半功倍之效。

临习《张迁碑》应注意以下几点：

（一）用笔要按中提、行笔敏捷而坚实。一般初学此碑者容易一味按笔，结果点画线条粗壮了，但却空洞乏力，行笔时按中有提才能使点画有筋骨、有韧性，以按中提的行笔才能体现节奏。此碑笔画不仅有刀刻斧凿之痕，也有因久经风雨，斑驳漫漶之迹。此种笔画的用笔要追求与感觉其刀刻意味与金石气。清姚孟起《字学忆参》说：『临汉碑宜有石气，非拳曲之谓。』正是说要表达金石气，不是单纯的用笔作颤与扭曲，而是要气沉笔实，入木三分，使其笔画有刀味石趣。

（二）结构上要注意字的大小、粗细的变化。尤其是燕尾，切不可雷同，要领会其险峻奇崛、虚实相生的结构风格。

（三）此碑风格属雄强朴茂一路，忌写得粗野与呆板，碑阴笔法生动激越，在临习正文的基础上再结合临习碑阴，将会更有所启迪。

临习过程中还应注意该碑书法与章法的配合，体会其通篇布局的匠心独运，《张迁碑》字行距皆紧凑，更增其朴茂厚重、淳古缜密的气息。

《张迁碑》是书法艺术水平极高的汉隶名碑，自其出土以来，得到了众多书法家的青睐，尤其在清代碑学中兴以后的书坛上，如邓石如、伊秉绶、何绍基、吴昌硕、林散之等大家无不胎息或取法于此碑。而清代大书家何绍基临此碑达一百余通。他们为我们的临习与创作提供了很好的借鉴，我们可通过分析研究他们的临作与创作，看看他们从《张迁碑》那里学到了什么，以此来反思自己的学习。假以时日，定会取得长足的进展。

总之，《张迁碑》是经典名碑，使人百临不厌，常临常新。以笔者学习汉碑的经验，从《张迁》入手，再广学《礼器》、《曹全》、《西狭》、《石门》等碑，数年之后，再学一点汉简，这样反过来会加深对《张迁碑》艺术特点与风格的理解。

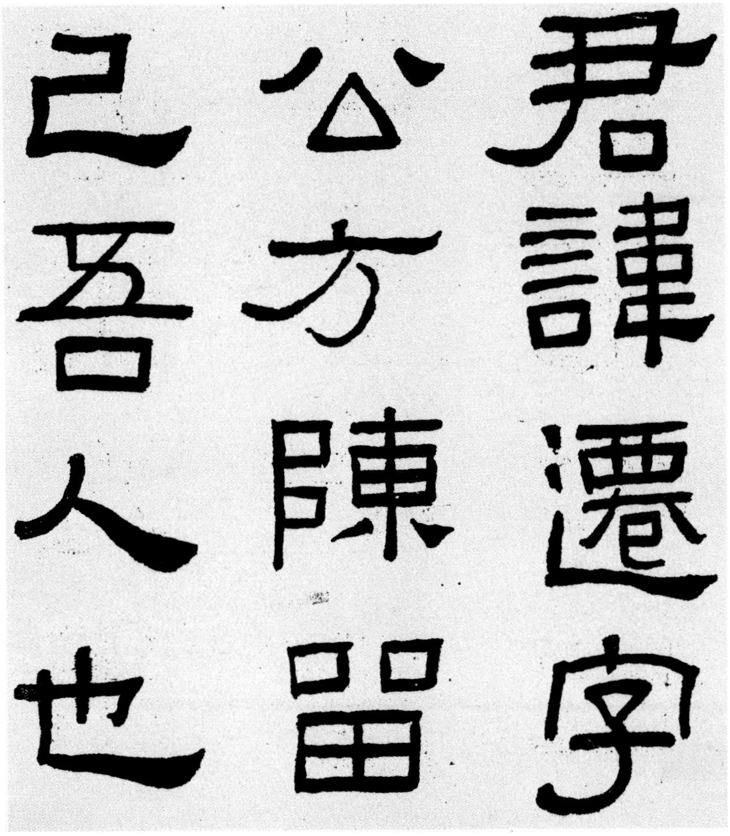
君諱遷字
公方陳留
己吾人也

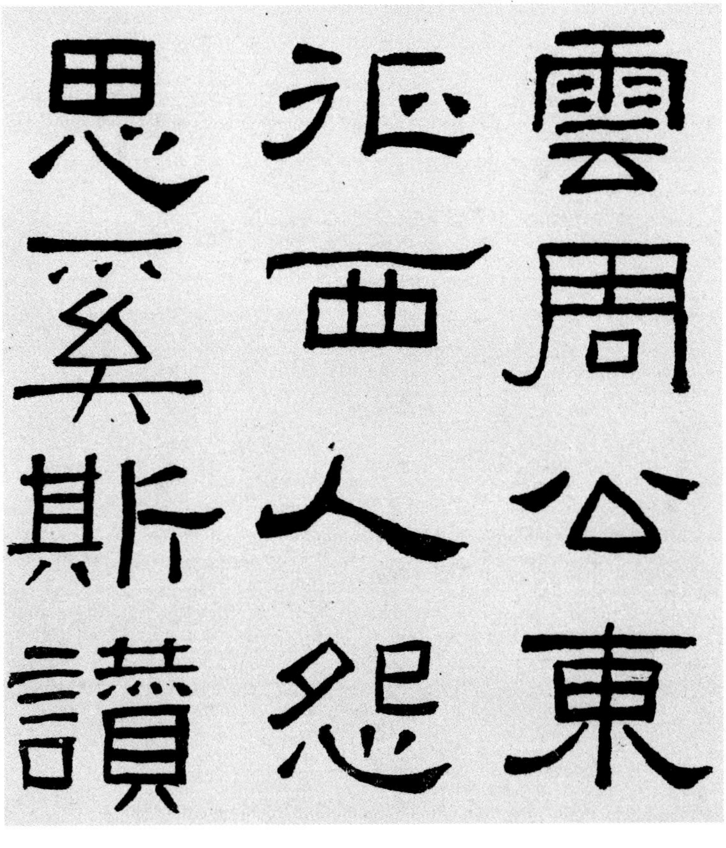
雲周公東
征西人怨
思奚斯讚

林散之临《张迁碑》选页

風俗分西北震五狄東勤九夷

令不對更問嗇夫嗇夫事對於

林散之临《张迁碑》选页

奉祖錢三
百故吏汜
韋德齊故

元孝錢五
百六四年九
月臨散之

林散之临《张迁碑》选页

君謙遷字

公方陳留

己吾人也

君坐先出

甲申秋月正吾新晚臨張遷碑

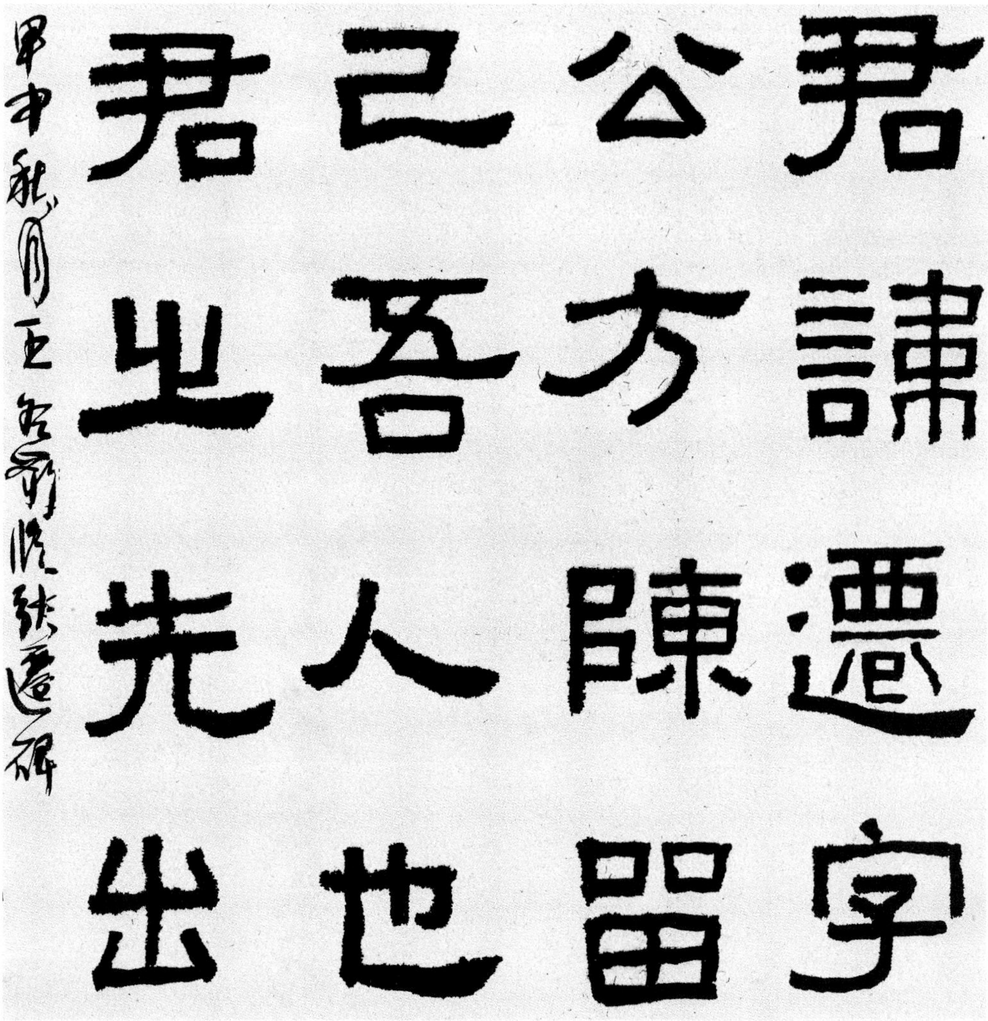

王冬龄临《张迁碑》

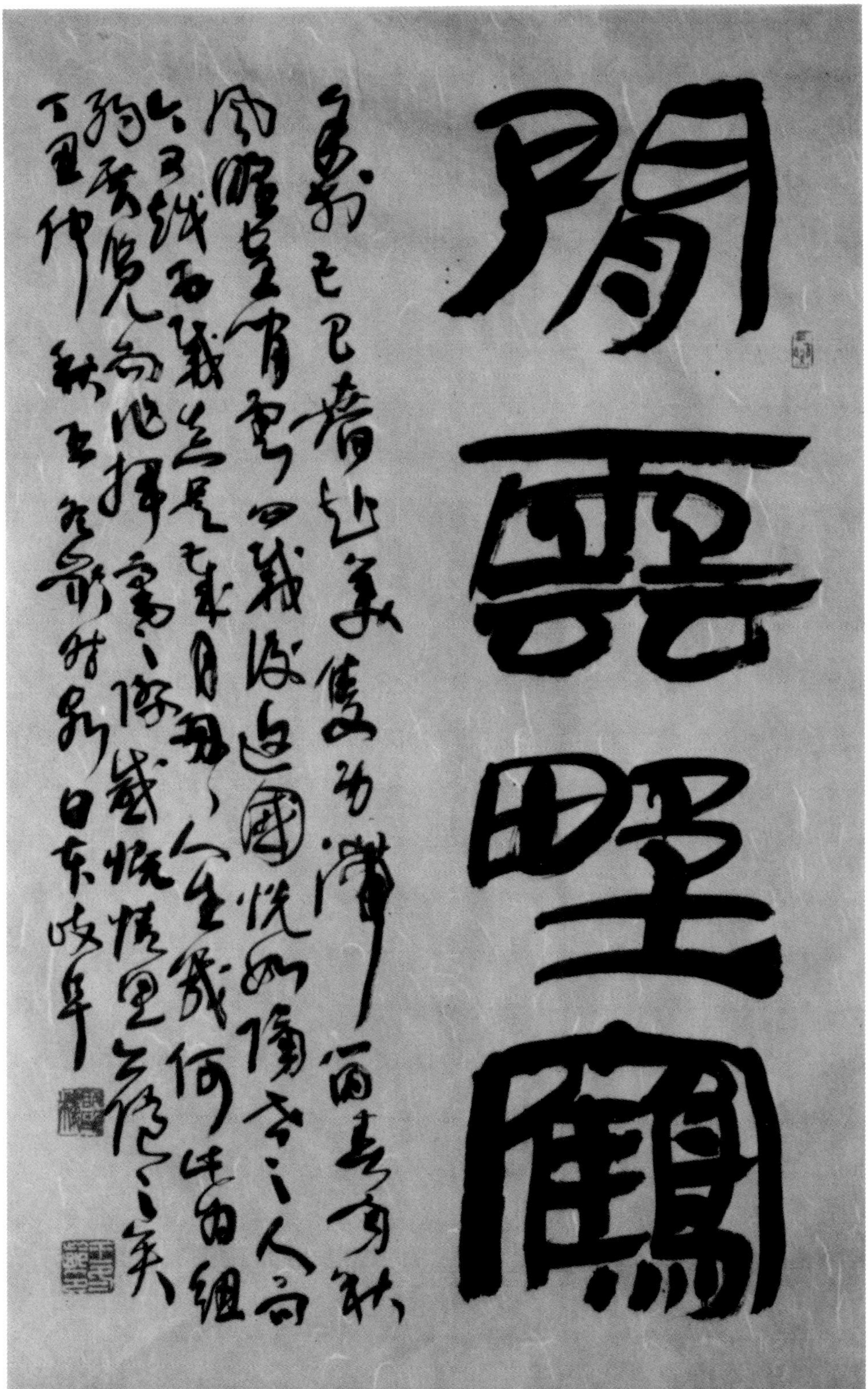

王冬龄隶书

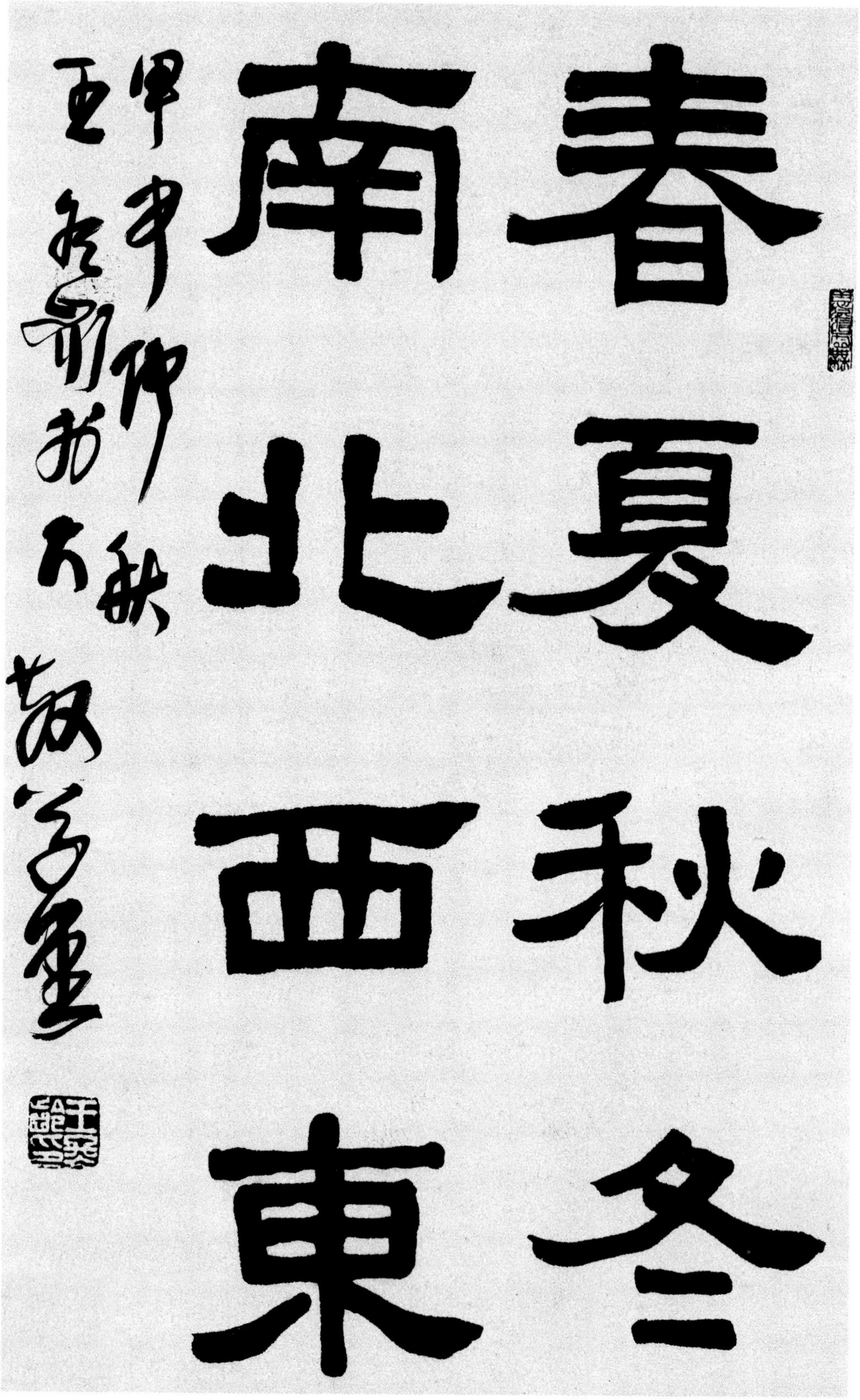

王冬龄隶书